Silber und Aluminium

Lustige Fantasy Kurzgeschichte

für mich

Silber und Aluminium

Lustige Fantasy Kurzgeschichte

Topaz Hauyn

Der Jahrmarkt in der Echazstraße hätte dieses Jahr sein einhundertjähriges Bestehen gefeiert. Hätte, wenn er nicht wegen einer Pandemie geschlossen worden wäre.

Statt dicht gedrängter Besucher pfiff der Wind durch die Gänge zwischen den Buden und wirbelte, welke Blätter vom Vorjahr und Staub auf. Müll lag keiner herum, schließlich hielt Thomas Geist ein großes Stück darauf der sauberste Jahrmarkt zu sein. Im Herbst hatte er alles gründlich putzen lassen. Sogar die Spiegel im Spiegelkabinett hatte er erneuert, damit die Kunden sich ganz neu bewundern konnten in all ihren verzerrten Formen. Die Geisterbahn hatte neue Farbe und ein gruseliges Gespenst bekommen. Beim Riesenrad hatte er in einen neuen, modernen Motor investiert.

Jetzt drückten ihn die Rechnungen. Dass bisschen Gewinn, dass er und die Generationen vor ihm, angespart hatten, war in die Modernisierungen geflossen. Das Jubiläumsjahr hätte so gut werden können. Stattdessen stand er vor der Wahl, alle Angestellten zu entlassen oder Konkurs anzumelden.

Thomas Geist mochte nicht länger in dem winzigen Büro mit dem kleinen Fenster sitzen, in dem er sonst die Bürokratie erledigte. Überhaupt, Bürokratie, das passte nicht zu einem Jahrmarkt. Ein Jahrmarkt sollte Freude bringen, sollte bunt, laut und lebhaft sein.

Aus dem Fenster über dem Schreibtisch, der die ganze Breite des Büros einnahm, sah er ein Stück von einer rosa gestrichenen Gondel am Riesenrad und die Buchstaben »eiten« vom Süßwarenstand. Er schmeckte das Magenbrot auf seiner Zunge, hörte die gebrannten Mandeln die heiß in die Papiertüten rutschten und dann von Kindern mit leuchtenden Augen festgehalten wurden.

Es sollte nach heißem Zucker duften. Nach warmen Waffeln und Apfelmus. Er wollte die Musik aus dem alten Leierkasten hören, der in der Mitte immer das D und das F übersprang. Darüber sollte das Kreischen der Achterbahnfahrer liegen.

Stattdessen roch er frisches, weißes Papier und Druckerschwärze. Seine Hände rissen nicht Eintrittskarten von der großen Rolle ab, sondern schrieben mit einem Kugelschreiber auf glattem Papier, oder tippten auf einer Plastiktastatur.

Wie sollte ein Jahrmarkt bitteschön Krankheiten verteilen? Bei all dem Spaß, den seine Gäste hatten, da konnten Krankheiten sich doch gar nicht festsetzen!

Thomas dachte an seinen Vater und an die Geschichten, die der von seinem Vater erzählt hatte. Von den Schwierigkeiten während dem Krieg den Jahrmarkt offenzuhalten.

Er seufzte. Schwere Zeiten hatte der Jahrmarkt schon einige gesehen. Und überstanden.

Jetzt war es an ihm, weiterzumachen.

Für wen auch immer.

Schließlich fehlten ihm mit neunundzwanzig Jahren immer noch Frau und Kind für die Nachfolgeregelung. Nicht, dass neunundzwanzig alt war. Aber es war Tradition in seiner Familie vor dem dreißigsten Geburtstag für die Nachfolge zu sorgen.

Es klopfte an der Türe.

Thomas stand auf, schob seinen Hocker unter den Tisch und drehte sich um.

Quietschend schwang die Tür nach außen auf. Kühler Frühlingswind mit einem Rest der Winterkälte wehte in den Containerraum.

»Guten Morgen. Mir wurde gesagt ich finde hier Direktor Geist«, sagte ein Mann und blickte Thomas in die Augen.

Thomas starrte hinein. In zwei grüne Augen, die wie die grünen Lichter an der Karusselldekoration leuchteten. Strahlend hell und einladend.

Thomas schluckte. Er hatte jetzt keine Zeit für Gefühle.

»Das bin ich«, sagte Thomas.

Er schaute an dem Mann herunter auf den festgestampften Erdboden. Der andere stand, in ausgetretenen Turnschuhen, darauf. Thomas stand zwei Metallgitterstufen über dem Boden. Trotzdem war sein Gegenüber auf Augenhöhe.

Thomas zwinkerte. So groß sah der Mann nicht aus. Weder waren die Beine besonders lang, noch der Oberkörper. Wäre er gefragt worden, er hätte den Fremden als genauso groß wie sich selbst beschrieben. Trotzdem hatte er das Gefühl, dass der blond gelockte Mann vor ihm, über dem Boden schwebte.

Natürlich war das Unsinn. Er hatte zu lange über der Bürokratie gesessen und fantasierte sich jetzt den Jahrmarktsrummel und die Illusionen der Magier zusammen.

»Das Arbeitsamt schickt mich. Ich soll mich für die Stelle als Illusionskünstler vorstellen«, sagte der Mann und seine grünen Augen leuchteten über der weißen Maske noch ein bisschen heller. Fast als wäre er nicht nur die Beleuchtung des Karussells, sondern hätte noch eine Ladung extra Strom dazugeschaltet. Vermutlich grinste er bis zu den Ohren, unter der Maske.

Thomas wurde warm bei dem Gedanken an ein Lächeln.

Seine Mundwinkel zuckten nach oben. Ein ungewohntes Gefühl. Hatte er wirklich nicht mehr gelächelt, seit er den Jahrmarkt nach Neujahr in die Winterpause geschickt hatte? Die blitzenden grünen Augen vor ihm erinnerten ihn an seinen Vater, der genauso ausgesehen hatte, wenn er lachte. Vielleicht … nein, er würde den Mann nicht zum Essen einladen und seiner Mutter vorstellen. Sie trauerte immer noch um ihren Ehemann, der bei einem Autounfall vor drei Jahren gestorben war.

»Ich bin Thomas Geist.«

Thomas stieg die Treppenstufen hinunter. Seine Schuhe klapperten darauf. Der blond gelockte Bewerber machte drei Schritte rückwärts. Kies knirschte. Ein Schausteller, der ohne zu fluchen den vorgeschriebenen Abstand einhielt? Thomas wunderte sich, gleichzeitig atmete er erleichtert ein. Zumindest diesen Punkt musste er nicht diskutieren.

Es duftete nach frischen Rosen an der Stelle, an der Thomas jetzt stand. Ein Mann, der Rosenparfum benutzte? Seltsam.

»Ich habe keine Stelle ausgeschrieben. Bitte gehen Sie wieder, der Jahrmarkt ist geschlossen.«

Thomas zeigte den festgefrorenen Trampelpfad hinunter, der zwischen zwei Buden zurück auf den Hauptweg des Jahrmarktes führte.

Gerade zog der andere etwas aus seiner Jackentasche. Raschelnd faltete er ein rotes Blatt auseinander.

»Hier ist die Ausschreibung«, sagte er und streckte seinen Arm vor. Er bot Thomas das Blatt an. »Ich bin Santo. Ich bin perfekt für die Stelle. Gib mir eine Chance. Bitte.«

Thomas hob eine Augenbraue. Das du war zwar üblich, doch sonst bot er es an. Nicht ein Bewerber. Er schaute von dem roten Papier mit den goldenen Buchstaben zu Santo. Ein passender Name für den Jahrmarkt. Schweigend, ohne nach dem Papier zu greifen, las er die goldenen Buchstaben: »Illusionskünstler gesucht. Ab sofort. Aufgaben: Besucher verzaubern. Gehalt: Verhandlungsbasis«

So eine Stellenanzeige würde er niemals schreiben. Da fehlte ja bereits das m/w/d, ohne dass er sofort verklagt werden würde. Außerdem verschwendete er sein Geld sicher nicht für einen Golddruck auf rotem Papier dafür. Bisher hatten handgeschriebene Pappschilder am Eingang oder ein Gespräch mit befreundeten Schaustellerfamilien immer gereicht, um die benötigten Mitarbeiter zu finden.

»Das ist nicht meine Ausschreibung. Du hast den Jahrmarkt mit einem anderen verwechselt«, sagte Thomas.

Andererseits würde er Santo gerne anstellen. Dessen überzeugtes Auftreten und das Leuchten in seinen grünen Augen versprachen einen guten Künstler und eine tolle Show. Und hatte er ihm nicht den Eindruck vermittelt auf Augenhöhe zu schweben, als er die Tür seines Bürocontainers geöffnet hatte?

Er beherrschte sein Handwerk auf jeden Fall.

Santo deutete mit dem Finger unten auf das Papier. Die Unterschrift von Krefisto Geist, Thomas Vater, war darauf. So genau und eindeutig, wie sie immer gewesen war.

Zweifel ausgeschlossen.

»Krefisto Geist ist tot. Er schreibt keine Stellenanzeige mehr«, sagte Thomas düster. »Bitte geh jetzt.«

Er deutete nochmals auf den Weg zwischen den beiden Buden und ging dann vor. Er brauchte Luft, er brauchte Bewegung.

Sein Vater hätte niemals so eine Anzeige gekauft. Zu auffällig, zu teuer, zu verschwenderisch. Oder? Aber warum war die Unterschrift dann echt? Passte sie nicht genau zu dem grandiosen Auftreten, der Darstellung und Illusion, die sein Vater immer von einem Jahrmarkt erwartet hatte? Zu der überhöhten Darstellung der Träume? Zur Anregung der Fantasie, zum Gefühl des Staunens, dass er in allen Besuchern wecken wollte?

Thomas schüttelte den Kopf, um seine Gedanken zu ordnen, schaffte es aber nicht.

Sein Herz schlug schneller. Er dachte daran, wie sein Vater jedem neuen Mitarbeiter die Aufgabe gegeben hatte, seine Unterschrift zu fälschen.

Niemand hatte es geschafft.

Immer war ganz deutlich zu erkennen gewesen, welche die Richtige und welche die Falsche war. Ein kalter Schauer rann über Thomas' Arme und Rücken. Der Wind war kühler als gedacht und er lief im Pullover herum. Seine Jacke hing noch im Bürocontainer.

Das Blatt sah neu aus. Fast als wäre es gestern gedruckt worden. Auf keinen Fall war es drei Jahre oder älter.

»Woher hast du das Papier?«, fragte Thomas und sah über die Schulter.

Santo ging hinter ihm. Ganz normal. Wie es sich für einen Menschen gehörte.

»Vom Arbeitsamt.«

»Welchem?« Thomas blieb stehen und drehte sich um. Das hatte Santo vorhin schon gesagt, Aber mit dem Arbeitsamt hatte er nichts zu tun. Bisher.

Santo zuckte die Schultern. »Dem Arbeitsamt für schaustellende Engel. Entscheidungskreuzung 1. Mein Sachbearbeiter ist Dämon Sabinia.«

Thomas starrte Santo an.

»Sie kennt Krefisto Geist wohl schon länger«, sagte Santo und hob die Hände, mit geöffneten Handflächen nach oben.

Sollte das eine Geste der Entschuldigung, des Unwissens, oder der Beruhigung sein?

Um Thomas herum geriet alles ins Schwanken.

»Was?!«

Thomas ruderte mit den Armen, um sein Gleichgewicht wiederzufinden. Hatte er jetzt einen Schlaganfall wegen zu vieler Sorgen und der ungeheuerlichen Behauptung, die er gerade gehört hatte?

»Damit scherzt man nicht!«

Es kribbelte in Thomas Nacken. Die braunen Buden, mit den ausgeschalteten Lampen und hochgeklappten Tischen links und rechts von ihm, hörten auf zu wackeln. Endlich stand er wieder sicher.

Er starrte Santo an. Die leuchtenden grünen Augen zogen ihn sofort wieder in ihren Bann. Ganz als wollten sie sagen, nimm mich mit nach Hause und verführe mich. Aber darauf hatte Santo sich nicht beworben. Er hatte sich als Illusionskünstler beworben, erinnerte sich

Thomas, und eine verdammt gute Geschichte hatte er auch erzählt.

Zu gerne würde er Santo einstellen. Merkwürdige Geschichte hin und gefälschte Unterschrift, denn sie konnte nicht anders als gefälscht sein, her. Das Problem, dass der Jahrmarkt wegen einer Pandemie geschlossen war und er vermutlich bald einige Schausteller würde entlassen müssen, hatte sich aber noch nicht gelöst. Er konnte niemanden einstellen.

»Ich habe keine Stelle ausgeschrieben«, sagte Thomas. Mehr, um sich selbst zu hören und zu überzeugen. Er beschrieb mit seinen Armen einen Bogen. »Der Jahrmarkt ist geschlossen. Wird es auch noch über Wochen sein. Ich bin froh, wenn ich niemanden entlassen muss.«

Er biss die Zähne zusammen. Was redete er da? Das ging Santo nun gar nichts an. Bevor er sich versah, öffnete er den Mund wieder.

»Die Regeln für Hygienekonzepte sind derart, dass die Einnahmen kaum die Fixkosten decken werden. Warum erzähle ich das alles?«

Thomas blinzelte. Er sah sich um.

Der leblose Jahrmarkt, mit dem festgestampften Erdboden, zwischen denen vereinzelte Kiessteine hervorblitzten, die geschlossenen Buden, der kalte Winterwind, der seine letzten Züge tat, alles war unverändert. Trotzdem erzählte er diesem Fremden Dinge, die er noch nicht einmal seiner Mutter erzählt hatte. Er fuhr sich mit der Hand über das Gesicht, rieb sich die Augen und stellte fest, dass er selbst vergessen hatte eine dieser Masken aufzusetzen. Mit der anderen Hand, griff er in die Gesäßtasche seiner Hose und zog seine Stoffmaske hervor. Schwarzer Stoff, auf den seine Mutter oben und unten eine goldene Lichterkette gestickt hatte. Beleuchtet. Er zog die beiden Gummibänder über die Ohren. Besser. Er sollte immer mit gutem Beispiel vorangehen.

»Gib mir eine Chance und das Gesundheitsamt wird für deinen Jahrmarkt eine Ausnahme machen«, sagte Santo.

Der Stoff wärmt seine Nase und sein Atem blähte das Tuch ein bisschen auf.

»Warum sollten sie das tun?«, fragte Thomas. »Ein Jahrmarkt, auf dem nur ein Besucher sein darf, ist kein richtiger Jahrmarkt.«

Santo lachte.

»Jeder Besucher wird denken, dass er von hunderten anderen umgeben sein wird, während er gleichzeitig alleine ist«, sagte Santo, »die Angestellten werden mit Masken hinter Plexiglasscheiben sitzen und kein Gast wird es merken.«

Thomas verdrehte die Augen. Das hatte er sich auch schon überlegt. Aber der eine Besucher müsste in fünf Minuten an jedem Stand und jedem Fahrgeschäft etwas kaufen und dann verschwinden, damit der nächste Besucher das Gleiche tun konnte. Erstens war das Gelände zu groß, um das zeitlich zu schaffen, zweitens gab kein Besucher an jedem Stand etwas aus. Jahrmarkt war ein Massengeschäft.

»Das klappt nicht, ich habe es durchgerechnet«, sagte Thomas. »Am besten du gehst nach Hause, vernichtest die gefälschte Stellenausschreibung und suchst dir einen dieser Homeoffice Jobs. Damit verdienst du mehr.«

Er ließ die Schultern hängen. Künstler wie Santo waren selten. Er hätte ihn gerne eingestellt. Aber, nachdem er es vorhin laut ausgesprochen hatte, sein Jahrmarkt war am Ende. Er musste nach Hause und es seiner

Mutter beichten. Hoffentlich gab das nicht das nächste große Drama. Schließlich war der Jahrmarkt ihre letzte Erinnerung an ihren Ehemann.

Vielleicht.

»Kann ich das Blatt haben?«, fragte Thomas. »Du brauchst es ja nicht mehr.«

Santo nickte, rollte es sorgfältig zusammen und band eine rote Schleife darum. »Hier. Wenn du dich umentscheidest, reiße es in der Mitte durch, dann komme ich wieder.«

Thomas griff nach der Rolle. Trockenes Papier, dass sich dicker als Karton anfühlte.

Kaum hatte Santo seine Finger davon gelöst, verschwand er.

Einfach so.

Thomas rannte den Weg hinauf und hinunter und zwischen den Buden hindurch. Nichts. Keine Spur von Santo. Als wäre er wirklich ein Engel, der aus dem Nichts erscheinen und dorthin verschwinden konnte.

Der kalte Winterwind zog zwischen den Buden hindurch und biss in seine Ohren. Seine Nase blieb, dank des darüber gespannten Stoffes, weiter warm.

Langsam schlurfte Thomas zurück in sein Büro. Stieg die drei Metallstufen hinauf.

Immer noch hielt er die Rolle aus rotem Papier in der Hand. Er legte sie auf die Zettel, die auf seinem Schreibtisch an der Wand lagen. Das Band fiel weich wie Seide über seinen kalten Handrücken. Er nahm die Maske ab, stopfte sie in die hintere Hosentasche und rief seine Mutter an.

Was sie wohl dazu sagen würde?

»Thomas, wann kommst du heute zum Abendessen?«, fragte seine Mutter, bevor er sie begrüßen konnte.

»Später. Hör mal, was mir gerade passiert ist«, sagte Thomas und erzählte, bevor sie die Chance hatte etwas anderes zu sagen.

Als er fertig war, war es still am anderen Ende der Leitung. Bis auf das Brodeln eines Wasserkochers im Hintergrund und den klappernden Fensterläden, die seine Mutter nie befestigte, weil sie die Lebendigkeit des Windes liebte, wie sie immer sagte.

»Eine Fälschung sagst du?«, fragte seine Mutter. »Eine, bei der du den Fehler nicht finden kannst?«

Sie klang weniger überrascht als ungläubig.

»Dann ist es ein Original, auch wenn Krefisto niemals so viel Geld ausgegeben hätte für eine Stellenausschreibung. Moment.«

Thomas hörte ein Klopfen, vermutlich der Telefonhörer der auf das Regal neben den Apparat gelegt wurde. Dann klapperten die Holzpantoffeln seiner Mutter über die blanken Holzbretter vor dem Telefonregal.

Was meinte sie wohl, mit dann musste es ein Original sein? War sie sich genauso sicher, dass die Unterschrift seines Vaters nicht gefälscht werden konnte wie er?

Das Blubbern im Hintergrund verstummt, wurde von einem Zischen abgelöst.

Angenommen, er glaubte daran. Ebenso wie an das Arbeitsamt und die Geschichte mit dem Engel. Beides hatte seine Mutter mit keinem Wort in Zweifel gezogen.

Dann klapperte seine Mutter zurück. Etwas raschelte so laut, dass er das Telefon ein Stück vom Ohr weghielt.

In dem Fall müsste er das Papier zerreißen und prüfen ob Santo zurückkam. Wenn ja, was konnte er verlieren, wenn er ihn einstellte? Nicht mehr viel. Gewinnen konnte er dagegen eine ganze Menge, nämlich die Zukunft für den Jahrmarkt.

»Wie ich schon sagte«, begann seine Mutter und schnaufte, als wäre sie gerade über den gesamten Platz gerannt, statt nur in die Küche ihres Wohnwagens geschlurft. »Wenn es keine Fälschung ist, ist es ein Original.«

Thomas kratze sich im Nacken. Sollte er wirklich Kräfte anrufen, die er nicht kannte? Er hatte noch nicht einmal nach dem Preis gefragt, oder besser nach den Gehaltsvorstellungen.

»Mir ist gerade etwas eingefallen«, sagte Thomas. »Danke dir fürs Zuhören. Ich komme heute nicht zum Abendessen.«

Thomas verabschiedete sich, schob seinen unbequemen Stuhl zur Seite. Er schob die Tür auf und stieg die drei Metallstufen wieder hinunter. Weit und breit niemand zu sehen. Weder auf dem Weg zwischen den Buden, noch auf dem kleinen Platz vor seinem Büro.

Thomas schob das weiche Band ab, rollte das Papier auf und riss es so in zwei Hälften, dass die Unterschrift seines Vaters ganz blieb. Die könnte er sich danach rahmen und als Erinnerung an die Wand hängen.

»Das ging schnell, Thomas«, sagte Santo und stand vor ihm. Einfach so. Ohne Schritte, ohne Lärm. Still und schweigsam.

»Ich stelle dich ein. Vorausgesetzt, wir werden uns bei dem Gehalt einig. Du bekommst eine Probezeit von einer Woche. Wenn das Gesundheitsamt keine Betriebserlaubnis gibt, die uns Gewinn machen lässt, bist du genauso schnell wieder entlassen.«

Santo nickte.

»Ich will das gleiche Gehalt wie mein Vorgänger, die Hälfte des Gewinns«, sagte Santo.

Das war viel.

Allerdings, ein halber Gewinn war besser als ein Bankrott.

Thomas nickte langsam.

»Und einen Schlafplatz in deinem Bett«, fügte Santo hinzu, »wenigstens so lange, bis ich im Himmel wieder Willkommen bin.«

Was?

»Warum bist du hinausgeworfen worden?«, fragte Thomas.

Ein Engel war schon etwas Ungewöhnliches, einer der aus dem Himmel geworfen wurde noch mehr. Abgesehen davon konnte er sich nicht vorstellen, dass sein Vater in irgendeinem Himmel sein Leben nach dem Tod verbrachte. Viel eher hätte er ihn in einer Hölle vermutet, schließlich hatte sein Vater immer behauptet, dort gäbe es den Spaß.

»Ich habe zu viele Illusionen gestaltet, bis die anderen Engel sie nicht mehr von den echten Dingen unterscheiden konnten.«

Santo zuckte mit den Schultern.

»Krefisto meinte, das wäre genau das, was sein Jahrmarkt bräuchte. Also bin ich hier.«

Thomas lachte. Das war genau die Art und Weise, wie sein Vater Mitarbeiter ausgesucht hatte. Alle die anderswo hinausgeworfen wurden, weil sie in einer Sache zu gut wurden und andere störten, die stellte er an. Da war der Platz in seinem Bett kein Problem. Schließlich sah Santo gut aus und duftete immer noch nach Rosen.

»Du bist eingestellt. Überzeuge das Gesundheitsamt«, sagte Thomas. »Meine Adresse kennst du?«

Santo grinste und nickte.

Das würde ein Spaß werden zu sehen, wie Santo diese Aufgabe meisterte.

Thomas sah auf den leeren Fleck vor sich. Nur der Duft von Rosen erinnerte an Santos Anwesenheit. Dann blies ein Windstoß durch den Gang zwischen den zwei Buden und wehte ihn hinweg.

Hoffentlich hatte er die richtige Entscheidung getroffen.

Thomas schloss sein Büro ab und machte sich auf den Weg nach Hause. Die Buden sahen im Vorbeigehen schon viel heimeliger aus als heute Morgen. Ganz so als spürten sie, dass sie bald wieder von Menschen umdrängt werden würden.

ENDE

Leseprobe: Kontrabass und Killerwal

Der Wind fegte durch Lisyphias Haare und riss die glitzernden Haarklammern und den letzten Schmuck schmerzhaft heraus. Die salznasse Luft spritze ihr ins

Gesicht. Tropfen trommelten auf die hölzerne Oberflä-
che ihres Kontrabasses, der an ihrer linken Seite lehnte.
Ihr Arm lag locker um den Hals des Instrumentes. Das
warme, glatte Holz ein tröstlicher Anker in dem Chaos
um sie herum. In ihrer rechten Hand hielt sie den Bogen, locker und gleichzeitig fest, so wie sie es seit Jahre
geübt hatte. Ihr Arm hing herab. Sie war bereit. Bereit
für ihren Einsatz. Doch statt zu spielen und die Gäste auf dem Kreuzfahrtschiff zu unterhalten, stand sie
in ihren hohen Schuhen und dem dünnen Trägerkleid
mitten auf dem oberen Deck.

Wasser war ihr Untergang. Auch, wenn sie ihr Leben
lang davon fasziniert gewesen war. Die gesamten acht-
zehn Jahre, die sie auf dieser Erde bisher verbracht hatte.
Und ausgerechnet heute, an ihrem Geburtstag durfte
sie dem Meer keine Musik darbieten. Dabei arbeitete
sie seit Jahren in den Ferien auf den Kreuzfahrtschiffen
und an den Wochenenden auf den kleineren Ausflugs-
booten.

Entgegen jeder Vernunft.

Salzwasser war die Zerstörung aller Kunst, die sie
mehr liebte als ihr Leben. Der Holzkörper, getrocknet,
geformt und lackiert konnte der Feuchtigkeit nicht
standhalten. Dies war nicht der erste Kontrabass, der
dadurch vorzeitig das Zeitliche segnen würde. Aber
kein anderes Material klang so wunderbar voll und lag
gleichzeitig so warm und lebendig unter ihren Fingern.

Die offene Frage des Augenblicks war es, ob es das
letzte Instrument war, dass sie ihrer Sehnsucht nach
dem Wasser opfern würde.

Die Küste, von der sie Stunden zuvor abgefahren waren, lag zu weit entfernt, um es mit dem großen Schiff
rechtzeitig zurückzuschaffen. Besonders nicht durch

den Sturm, der an ihren Haaren riss und den Saum ihres Kleides aufbauschte.

Lisyphia riss ihre Augen auf. Sie starrte auf die hohen Wellen, die über die Reling an Bord schwappten. Immer weiter hinauf und auf sie zu. Das untere Deck verschwand langsam unter dem Wasser. Noch eine Treppe und das Wasser würde gegen den Stachel ihres Instrumentes schwappen und die Planken unter ihren Schuhen rutschig machen.

Die Wellen bewegten sich in einem hypnotisierenden, faszinierenden Tanz. Das Glucksen hörte sich an wie das Lachen fröhlicher Tänzer.

Um Lisyphia herum rannten Menschen und brüllten durcheinander, sodass sie kein Wort verstehen konnte. Das Gefühl der Angst und Panik war trotzdem allgegenwärtig. In ihrem herabhängenden Arm zuckten die Muskeln. Sie wollte spielen. Mit den lachenden Wellen gemeinsam musizieren. Ihr Verstand rief danach den Kontrabass hinzulegen und sich selbst in ein Rettungsboot zu setzen.

Jeder andere rannte und versuchte ein Rettungsboot zu erreichen. Viele wollten gleichzeitig Hab und Gut sichern. Ein nutzloses Unterfangen. Was zählten Dinge im Vergleich zum Leben?

Gleichzeitig plärrten die Lautsprecherdurchsagen und wechselten in den Sprachen durch: »Bewahren Sie Ruhe. Gehen Sie zu den Rettungsboten. Folgen Sie den Anweisungen des Personals. Es ist alles unter Kontrolle.«

Ihre Kolleginnen, die zwei Geigerinnen und die Cellistin waren bereits bei der ersten Explosion, die aus dem Inneren des Schiffes herauf hallte geflohen. Eine Durchsage hatte auf die zerstörten Motoren hingewiesen und

das Leck, dass die Explosion in den Schiffsrumpf geschlagen hatte. Der Grund für die Evakuierung. Der
Sturm war nur der Zuckerguss des Meeresgottes für
dieses Schiff.

Sicher saßen die drei anderen Musikerinnen bereits
in einem Rettungsboot. Bedacht darauf ihr Leben zu
retten. Ihre Instrumente lagen auf dem Boden um Lisyphia herum. Sie sollte ihre unpraktischen Schuhe von
den Füßen streifen und ihnen folgen.

Ende der Leseprobe aus »Kontrabass und Killerwal«

Weitere Bücher

Anna lebt in einem perfekten Haus. Jederzeit könnte ein Fotograf hereinkommen und für ein schöner Wohnen Magazin fotografieren.

Kein Körnchen Staub. Eine perfekte Kulisse, für eine perfekte Frau, mit Ehemann und Babybauch. Bis auf das kleine Bild mit dem Scherenschnitt eines Drachens.

Anna schnitt das Bild selbst. Der Drache, ihre Ehemann, stand Modell. Der Drache, der diese Kulisse verlangt, in der sie lebt.

Spannung, Gefahr, Liebe und eine perfekte Kulisse.

Lies *Drachenverträge* und tauche ein in die Welt hinter der Fassade.

Etwas schwebt neben der alleinerziehenden Mutter. Etwas, durchsichtiges. Etwas, dass sie nicht sehen will: Die Fratze ihres Ex.

Auf dem Sprung, von der Arbeit zum Kindergarten, macht Cornelia Zuhaue halt. Mittagessen vorbereiten.

Drei Briefe im Briefkasten und die durchsichtige Geisterfratze unterbrechen ihren durchgetakteten Tag.

Mehr als Cornelia denkt, hängt davon ab, wie sie mit dem Geist umgeht. Und mit den Briefen. Wird sie den Mut wiederfinden, den sie bei ihrer Scheidung schon einmal benutzt hat?

Eine paranormale Urban-Fantasy Kurzgeschichte mit Geistern.

Fantasy

Raffaels Mangasammlung
Der Schneesturm
Schwebendes Fundament
Magisches Parket
Ein Tropfen Leben
Erika trifft Pegasus
Wider dem Traum
Lazars Vergeltung
Der, die, das Monster
Drachenverträge
Verpasst
Hexe im Wolfsfell
Die Sandriesen der
Traumsandwerke
Erwartete Verkaufszahlen

Sandige Versuchung (An den
Ufern des Luzik)
Die neue Wunschauswerterin
Kontrabass und Killerwal

Brennnesselfluch Serie
- Entführt (#1)
- Enterbt und Verflucht (#2)
- Geburtstagsgeschenk (#3)
- Schülerin falsch (#4)
- Brennnesselfluch (#5 Roman)
Die Spindel über der Erde
Spindel der Vergangenheit
Erbe: Haus, Schmuck, und
Gespenst

Romance

F/F, Lesbische Romantik
Rotes Marzipan
Verliebt im Freibad
Erster Kuss im Wald
Flirt auf rotem Briefpapier
Romantik am Morgen
Testperson gesucht: Portal der
Verführung
Unterricht in der Liebe
Eine neue Gelegenheit
(Collection)
M/M, Gay Romantik
Liebe trotz verbranntem Essen
Phillip, küss mich
Gesucht: Die Lust zu Verführen

Kunstsprung der Liebe
Unter der Freibaddusche
Verliebt in den Koch
Eine Schneeflocke zum
Verlieben
Liebe zum Genießen (Collection)
Prioritäten der Liebe (Roman)
M/F, Hetero Romantik
Vereiste Seile
Sandmanns Verlobung (An den
Ufern des Luzik)
Der Fremde liegt unten
Ein Herz für die Träume
Armut oder Heirat